Analyse de l'œuvre

Par Julie Delcourt

Le consentement

Vanessa Springora

lePetitLittéraire.fr

Analyse de l'œuvre

Par Julie Delcourt

Le consentement

Vanessa Springora

lePetitLittéraire.fr

Rendez-vous sur lepetitlitteraire.fr et découvrez :

Plus de 1200 analyses
Claires et synthétiques
Téléchargeables en 30 secondes
À imprimer chez soi

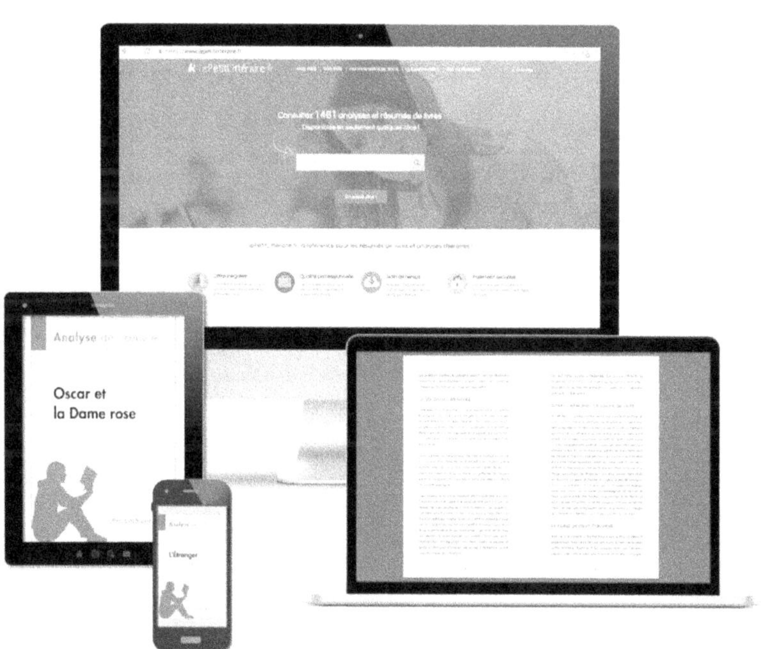

LE CONSENTEMENT

OU LA DÉNONCIATION DE LA PÉDOPHILIE

- **Genre :** autobiographie
- **Édition de référence :** *Le Consentement*, Éditions Grasset & Fasquelle, Le Livre de Poche, 2020, 213 pp.
- **1re édition :** 2019
- **Thématiques :** L'amour, la pédophilie, l'adolescence, le viol, le monde des écrivains, l'élite littéraire et la famille.

Le Consentement est un roman autobiographique qui se focalise sur une partie de la vie de son autrice qui est aussi sa narratrice, Vanessa Springora. Tout au long du roman, l'écrivaine se cache derrière la graphie V. Elle revient sur son enfance et son adolescence, dans les années 1980, période où elle est élevée par une mère divorcée qui travaille dans le monde de l'édition et lui fait découvrir les spécificités de ce milieu et l'élitisme qui peut parfois y régner.

Dès son plus jeune âge, marquée par l'absence de son père et, par conséquent, attirée inexorablement par toute figure masculine qui pourrait combler son manque, V. découvre prématurément sa sexualité. À treize ans, elle rencontre G., un écrivain dont elle ignore la réputation sulfureuse et le penchant pédophile avide pour la jeunesse. Dès le premier regard, elle est attirée par ce cinquantenaire, qui lui porte de l'attention et la courtise.

Nait alors une relation entre une jeune fille et un homme âgé, la première désillusionnée et naïve, le deuxième manipulateur et pervers narcissique. Les années passant, V. finira par se rendre compte de la toxicité de sa relation et combien son amour l'a aveuglé. La rupture est difficile. Adulte, V. souffre encore de cette relation qui la hante tous les jours de sa vie. Il est difficile de parler de ce qu'elle a vécu et de reconnaitre qu'elle a été manipulée. Il est difficile de s'en sortir. Pourtant, l'écrivaine semble avoir trouvé la solution, c'est en écrivant qu'elle trouve sa rédemption et dénonce la pédophilie dont elle a été victime.

Le Consentement est le premier livre de Vanessa Springora, qui connait bien le monde littéraire puisqu'elle a travaillé plusieurs années dans des maisons d'édition françaises. La publication de son livre a créé une véritable polémique, car même en cachant derrière « G. » la personne avec laquelle elle a eu une relation pédophile, le lecteur peut facilement identifier l'écrivain qui se cache derrière la lettre : il s'agit de Gabriel Matzneff. Ses penchants pédophiles et son attirance pour les jeunes garçons et les jeunes filles mineures étaient jusqu'alors acceptés dans la sphère littéraire. Mais la publication du *Consentement*, début 2020, est venue changer la donne. La Justice française a ouvert une enquête sur l'auteur, accusé de viols sur mineurs, qui aujourd'hui est toujours en cours et a été alimentée de nombreuses autres plaintes de femmes se disant victimes de l'écrivain.

Le Consentement a été salué par la critique littéraire et par les lecteurs, il a notamment été récompensé du prix Jean-Jacques Rousseau de l'autobiographie et du Grand Prix des Lectrices Elle 2020.

VANESSA SPRINGORA

ÉDITRICE, ÉCRIVAINE ET RÉALISATRICE FRANÇAISE

- **Née le 16 mars 1972 en France**
- **Quelques-unes de ses œuvres :**
  - *Le Consentement* (2020) est le premier livre de Vanessa Springora

Outre sa relation avec G., beaucoup d'évènements autobiographiques de la vie de Vanessa Springora ont été parsemés dans *Le Consentement*. Après le divorce de ses parents, l'autrice est élevée par sa mère, attachée de presse dans l'édition. En décrochage scolaire, elle finit par terminer ses études secondaires et obtient un DEA de lettres modernes à l'Université Paris-Sorbonne. Elle rejoint en 2003 l'INA comme réalisatrice-autrice.

En 2006, Vanessa Springora fait ses premiers pas aux Éditions Julliard comme assistante d'édition. En décembre 2019, elle est nommée directrice des éditions Julliard. Elle coordonne depuis 2010 en parallèle la collection Nouvelles Mythologies chez Robert Laffont.

Le 2 janvier 2020, Vanessa Springora publie *Le Consentement*, aux éditions Grasset. Son livre-témoignage aura de véritables retentissements dans le monde littéraire et sur son agresseur. Pour elle, son texte est une manière de se débarrasser une bonne fois pour toutes de cet homme qui l'a traumatisée et de faire sa catharsis.

En septembre 2021, le groupe Editis annonce que Vanessa Springora quitte la direction des éditions Julliard pour se consacrer davantage à l'écriture.

RÉSUMÉ

Le Consentement se divise en grandes étapes de la vie de la narratrice, le résumé suit cette logique et se focalise sur chacune de celles-ci.

LA JEUNESSE ET L'INSOUCIANCE

Du haut de ses 5 ans, V. incarne tout ce qui a de plus normal chez une petite fille. Elle va à l'école et joue avec les garçons de son âge. Elle s'endort juste parfois pendant les cours, à cause de ses parents qui ont de violentes disputes le soir.

À 6 ans, elle remplit toujours son rôle de petite fille parfaite, de « bon petit soldat ». Studieuse, obéissante, sage et vaguement mélancolique. Ses parents ont divorcé, V. vit désormais avec sa mère, toutes les deux débarrassées du « tyran domestique ». Même si elle ne se dit pas révoltée, son père a considérablement laissé un vide en elle, et ses absences répétées l'intensifient.

La mère de V. trouve un travail dans une petite maison d'édition, ce qui permettra à la jeune fille de découvrir le monde des livres et la littérature en général et de l'affectionner, voulant elle aussi en faire sa vocation. La sexualité commence à occuper une place de plus en plus importante pour V., qui grandit et perd sa candeur. Elle a déjà entendu sa mère et un de ses compagnons, mais elle préférait jusqu'alors ne pas y penser. Son entrée au lycée et l'arrivée de ses menstruations sonnent la fin de toute insouciance. L'enfant est devenue prépubère.

V. est emmenée de force par sa mère dans un diner où sont invitées quelques personnalités du monde littéraire. Là, V. y rencontre G. et est tout de suite envoutée par cet écrivain d'un âge indéterminé, mais déjà avancé. Il y a quelque chose de cosmique, elle est profondément attirée par lui, elle voit qu'elle lui plait aussi. Un jeu de séduction s'installe. L'amour adolescent, naïf, s'empare de V. qui s'empresse d'acheter les livres de G. et de fantasmer sur chacun d'entre eux.

De son côté, l'écrivain lui écrit des lettres de séduction et la flatte. V. lui répond. Il insiste pour la voir. Elle finit par céder et lui rend visite dans son petit appartement. Ils sont, selon V., comme « deux adolescents flirtant à l'arrière d'une voiture ».

V. avoue à sa mère qu'elle sort avec G. Celle-ci ne veut pas y croire, elle lui dit que c'est un pédophile. Elle n'accepte pas leur relation. V. continue alors de voir son amant en cachette. Ils veulent coucher ensemble pour la première fois, mais V. a un blocage, elle ne parvient pas à laisser G. lui faire l'amour. Il lui fait perdre sa virginité en la sodomisant. V. est heureuse, amoureuse, elle se sent aimée. À 14 ans, le continent de la sexualité adulte n'est plus inatteignable pour V., au contraire, elle l'a déjà apprivoisé et visité plusieurs fois.

LE REGARD DES AUTRES

La mère de V. finit par accepter la relation de sa fille et G., elle les invite même à manger à la maison. La relation de V. est néfaste pour sa scolarité, elle est en retard, sèche très souvent les cours et n'a pas de véritables amis. Les élèves se moquent d'elle et critiquent sa relation avec G.

V. est malade et passe quelques semaines à l'hôpital, elle souffre d'un rhumatisme articulaire aigu, une maladie courante chez les personnes adultes. Aux abonnés absents, son père lui rend toutefois visite et apprend qu'elle sort avec G., il réagit, comme à son habitude, de manière très expressive et colérique, il ne cautionne pas du tout leur union. Le docteur confie à V. qu'elle a l'air d'être une fille très en avance sur son âge, à la vue de son entrejambe, et lui propose une légère incision pour qu'elle puisse enfin « accéder aux joies du sexe ». À coup de bistouri, V. devient enfin une femme.

C'est dire que la relation d'un cinquantenaire avec une mineure de 14 ans suscite de nombreuses réactions déroutées. Un jour, G. est convoqué par la Brigade des mineurs, qui a reçu une lettre anonyme qui le dénonce. V. se met à soupçonner son entourage et les personnes malveillantes qui pourraient vouloir que leur relation se termine. Les enquêteurs viennent à l'appartement de G. et finissent par repartir bredouilles. G. décide alors qu'il consommera son amour avec V. dans un hôtel pour éviter toute autre convocation de ce genre.

LA DÉSILLUSION ET LA DÉPRISE

Tout se passe au mieux pour les deux amants jusqu'au jour où G. participe à une émission pour présenter son livre, accompagné de V., apprêtée et maquillée pour l'occasion. Celui-ci lui fait la remarque et lui dit qu'il la préfère naturelle, qu'elle ne doit pas essayer de ressembler à une dame. Il lui brise le cœur, une première fois.

Les remarques et reproches de G. à V. se multiplient, à l'approche des 15 ans de son amante, il a décidé de contrôler tous les aspects de sa vie. G. s'absente de plus en plus. Un jour qu'il est parti pour deux semaines en Suisse, V. finit par lire les livres qu'il lui avait interdit de lire. La désillusion la frappe de plein fouet, l'idée que G. est un prédateur sexuel commence doucement à germer dans sa tête. La dépression pointe le bout de son nez, V. ne va pas bien, mais essaye de se persuader que G. n'est pas celui qu'elle croit. Elle le surprend avec une autre fille plus jeune qu'elle. « Le conte de fées touche à sa fin, le charme a été rompu et le prince charmant a montré son vrai visage ». V. ne supporte plus les remarques et mensonges de G. et le quitte.

Ce dernier fait tout pour la retenir, mais V. ne cède pas, elle a rencontré Youri, un jeune homme à qui elle parle de G., il la conseille et l'accompagne.

PASSER À AUTRE CHOSE
ET FAIRE SA CATHARSIS

À 16 ans, V. a emménagé avec Youri dans son appartement. Mais le spectre de G. continue à planer, il est toujours là quelque part, il la hante. V. enchaine les relations avec des hommes sans jamais retrouver sa naïveté d'avant G. et éprouver un plaisir partagé. Entretemps, G. publie de nombreux ouvrages qui n'arrêtent pas de ramener V. à son passé qu'elle souhaite à tout prix oublier, elle en arrive même à se dire qu'elle ne veut plus rien avoir à faire avec la littérature et les livres.

Après une période sombre et douloureuse, V. finit par reprendre pied, elle a quelques amis et elle a trouvé, après plusieurs années, un homme avec lequel elle se sent pleinement en confiance.

Les années ont passé. G. continue à écrire des livres. En 2013, V. rencontre une certaine Nathalie, celle qui l'a remplacée auprès de G. Les deux femmes se retrouvent et évoquent ce qu'elles ont vécu. Elles sentent ce besoin de briser un tabou et de mettre des mots sur la relation pédophilique qu'elles ont entretenue avec le même homme. V. décide, après plein de doutes et d'incertitudes, de publier un livre qui raconte sa relation avec G., pour enfermer son agresseur dans un livre et trouver sa rédemption personnelle.

ÉTUDE DES PERSONNAGES

Tous les personnages du *Consentement* sont décrits depuis le regard subjectif de la narratrice, seuls elle et G. ont une lettre pour les désigner. D'autres noms apparaissent dans le roman, mais il s'agit essentiellement de personnages secondaires, qui ont peu d'incidence sur l'histoire. Les autres personnages centraux n'ont pas de nom à proprement parler.

V.

(Nom complet : Vanessa Springora cachée sous l'initiale V. dans le livre)

V. est une jeune fille à qui tout semble sourire ; dès son plus jeune âge, petite fille studieuse et irréprochable, elle fait le bonheur de sa mère. Mais le départ de son père et ses absences répétées vont créer en elle un véritable trou béant qu'elle essayera de combler par n'importe quelle figure masculine. Cette absence explique aussi son attirance répétée auprès de nombreux hommes, plus âgés. Elle rencontre G. à 13 ans et en tombe éperdument amoureuse. Comme une adolescente naïve, elle se donne à lui, refusant d'accepter la réputation qu'on lui attribue déjà, celle de pédophile, un mot qui lui est encore presque inconnu à son âge. La sexualité, qu'elle le veuille ou non, occupera une place bien particulière dans sa vie.

V. incarne la fille prépubère et mature à la fois, car elle « fait des choses d'adulte ». Elle se pense heureuse avec

G., elle se moque que les gens autour d'eux n'acceptent pas leur relation. Elle s'isole, passe peu de temps avec sa mère et sèche les cours. Si tout va bien sur le plan amoureux, rien ne va sur les autres plans. Elle n'est plus la petite fille exemplaire.

Le temps passe et le couple connait ses premières disputes, G. commence à faire des remarques à V. qui la blessent, elle perd confiance en elle et n'est plus épanouie. La douleur est encore plus forte lorsque V. cesse d'être dans le déni et découvre la vraie nature de G. Elle ne veut pas y croire au début, mais c'est comme du venin, c'est déjà en elle, et l'idée ne veut pas partir.

Elle doute, elle sait que G. lui ment, qu'il fréquente d'autres filles, plus jeunes qu'elle. V. décide de le quitter, mais l'écrivain continue à la hanter jusqu'à l'âge adulte. V. entre dans une forme de dépression, elle ne mange plus, ne va plus en cours. Sa tête va exploser. Ce n'est qu'avec le temps que les blessures guérissent. Après de très nombreuses années, V. s'est enfin relevée, c'est une femme forte, elle a retrouvé confiance en elle et dans les hommes. Elle veut se libérer une bonne fois pour toutes de son passé, en écrivant ce qu'elle a vécu. Une écriture salvatrice.

G.

(Nom complet : Gabriel Matzneff caché sous l'initiale G. dans le livre)

G. est un écrivain célèbre dans le milieu littéraire. Bel homme, la cinquantaine, une calvitie complète, mais entretenue, c'est un séducteur et un manipulateur né. Au début de l'histoire, il est surtout présenté comme l'homme parfait, attentif, charmant, séduisant, qui prend soin de V. Il incarne le véritable prince charmant. Pourtant, on sait aussi qu'il écrit des livres aux tendances pédophiles et que dans l'un de ses ouvrages, il explique s'être rendu au Manille pour profiter de jeunes garçons mineurs.

Son appétit sexuel pour la jeunesse est insatiable. Il fait tout pour avoir V. et dès qu'il réussit à séduire la jeune fille, il l'isole et s'impose comme son tuteur. Il l'éduque, lui fait la lecture et l'amour. Afin d'être à l'abri des regards indiscrets, ils se réunissent dans une chambre d'hôtel qu'il paye à l'année. Il continue à écrire des livres à caractère pédophilique et publie même dans un de ses textes les lettres qu'ils se sont échangées avec V.

L'écrivain ne semble jamais satisfait de cette relation et de ce qu'il écrit. Il veut toujours plus. Il commence à s'absenter plus souvent et lorsque V. lui annonce qu'elle doute de leur relation, il la couvre d'injures et la critique. Il lui ment effrontément, va voir ailleurs et continue à courtiser à tout bout de champ. Peu à peu, il dévoile sa vraie nature à V., celle d'un manipulateur et d'un pré-dateur sexuel. Même lorsque V. décide de rompre, il lui écrit encore et cherche à garder une emprise quelconque sur elle. Harceleur, pédophile, obsédé, G. a tout d'un monstre.

LA MÈRE DE V.

La mère de V. l'a eue très jeune, précocement, à l'âge de 20 ans. C'est une femme belle, aux cheveux blond scandinave, le visage doux, les yeux bleu pâle, une silhouette élancée aux courbes féminines, un joli timbre de voix. Sa fille lui voue une adoration sans limites, elle est son soleil, sa joie de vivre. C'est une femme rebelle et autonome qui sait ce qu'elle veut.

Sa relation avec son mari est conflictuelle, elle ne manquera pas de prendre son courage à deux mains et de le quitter. Elle enchainera ensuite les conquêtes sans jamais vraiment retrouver l'homme de sa vie. Elle a déménagé avec sa fille dans un petit appartement et essaye de subvenir à leurs besoins, elle travaille dans une petite maison d'édition et côtoie du grand monde. Elle éduque sa fille, qui l'adore toujours, du mieux qu'elle peut.

Quand elle apprend la relation de V. avec G., elle a du mal à avaler la pilule. Au début, elle refuse cette relation, d'après V., elle aurait vu en sa fille une rivale, mettant fin à toute possibilité de relation avec G. Le temps passe et la mère de V. finit par accepter ce couple atypique, sa fille étant de plus en plus absente de la maison, leur relation perdant en intensité, la mère de V. étant relayée au second plan.

Après la rupture avec G., les relations entre V. et sa mère ne sont plus au beau fixe, V. lui reproche de ne pas l'avoir empêchée de vivre cette histoire. Elle lui rétorque qu'elle voulait juste la laisser vivre sa vie et répondre à ses désirs ; après tout, elle se comportait déjà comme une adulte.

LE PÈRE DE V.

Le père de V. apparait d'emblée comme un homme absent et colérique. Il est agressif verbalement et physiquement avec sa femme. Après la séparation, il se fait de plus en plus absent, il ne payera plus la pension alimentaire de V. à son ex-femme et ne revient voir sa fille que pour quelques occasions. Et à chaque fois, la situation est malaisante. Comme la fois où, par exemple, il a offert à V. le camping-car de Barbie et qu'il a fait une remarque sexuelle sur le fait que ces deux poupées Barbie étaient allongées dévêtues l'une sur l'autre, alors que sa fille n'avait même pas encore conscience de ce qu'est la sexualité.

Son absence fait beaucoup souffrir V., elle a créé un véritable manque paternel chez elle qui ne veut d'ailleurs plus le revoir. Une des dernières nouvelles qu'on apprend du père de V. est lorsqu'il va voir sa fille à l'hôpital et qu'il apprend qu'elle fréquente G. Sa réaction est à la hauteur de son personnage : une colère pleine de rage et de dégout. Un comportement qui finira d'achever la relation de V. avec son père ; elle n'a plus besoin de lui.

CLÉS DE LECTURE

ENTRE AUTOBIOGRAPHIE ET FICTION

Le Consentement est un livre complexe du fait de sa nomenclature littéraire, oscillant entre l'autobiographie et la fiction. Il est à la fois décrit comme « roman » et comme « autobiographie » par les médias et les critiques littéraires, ce qui renforce son ambigüité.

Mais faut-il vraiment classer l'ouvrage dans l'une ou l'autre catégorie ? Ne serait-ce pas réducteur ? Vanessa Springora elle-même reconnait l'ambivalence de son texte : « la part de fiction de mon livre est totalement absente, à la nuance près qu'un récit littéraire à caractère autobiographique n'est ni un procès-verbal, ni un article de presse. Il tamise nécessairement les faits par le prisme de la subjectivité. Et se déroule selon une logique qui relève de l'œuvre et des choix formels de l'auteur », précise-t-elle dans un article d'actualitté.com.

À la lumière de ces propos, il devient donc intéressant d'analyser *Le Consentement* comme une autobiographie littéraire, subjective et de relever les passages où le réel l'emporte sur la fiction et vice-versa.

Les points de vue de la petite fille et de l'adolescente

Tout au long de son ouvrage, l'écrivaine raconte son histoire et livre son vécu depuis son point de vue de petite fille, d'adolescente et de femme adulte. Tout est raconté et perçu comme V. l'a ressenti à ce moment-là. Elle évoque par exemple la relation de ses parents quand ils étaient encore ensemble depuis son regard de petite fille de 6 ans et confie qu'elle cherche déjà à comprendre ce qu'il se passe entre deux adultes.

> *Par-dessus tout, ce que je cherche déjà, sans le savoir, c'est à déchiffrer le mystère qui parvient à réunir deux êtres derrière la porte close d'une chambre à coucher, ce qui se trame alors entre eux. Comme dans les contes pour enfants, où le merveilleux fait brusquement ir-ruption dans le réel, la sexualité s'apparente dans mon imaginaire à un processus magique d'où naissent mira-culeusement les bébés, et qui peut surgir à l'improviste dans la vie de tous les jours, sous des formes souvent indéchiffrables.* (p. 16)

Après le divorce de ses parents, V. découvrira une pou-pée gonflable dans les affaires de son père, une « autre image de l'Enfer » qu'elle préfèrera occulter. Par la suite, l'héroïne raconte que petit à petit, elle se construit une image plus claire de la sexualité. À 12 ans, elle a ses pre-mières pertes menstruelles, le besoin d'avoir l'attention des hommes et son attirance pour toute figure masculine autre que son père. Elle commence à avoir une image nette de la sexualité et la consomme physiquement dès ses 14 ans avec G.

Les années de relation avec G., elles aussi, sont décrites avec la passion aveuglante et la naïveté adolescente de la narratrice. Elle confie d'ailleurs qu'elle ne comprend pas pourquoi leur amour doit être occulté et pourquoi il n'est pas accepté par tout le monde. Même lorsqu'elle découvre la tromperie de G. et sa véritable nature pédophilique, elle n'a pas les mots. Elle se dit « trop jeune » et inexpérimentée, manquant de vocabulaire, les mots « pervers narcissique » et « prédateur sexuel » n'en faisant pas encore partie. Tous ces passages se présentent comme ayant été vécus par V. et prennent volontiers une tournure autobiographique réelle puisqu'ils sont racontés comme ils ont été éprouvés au moment même, à l'époque où V. était encore très jeune.

Le point de vue de l'adulte : les métalepses

En parallèle de ces moments autobiographiques, d'autres passages prennent un aspect plus littéraire, notamment lorsque l'autrice même s'exprime dans son récit autobiographique, avec son regard d'adulte, de femme brisée, qui avec le recul nécessaire, sait mettre les mots – même s'ils sont douloureux – sur ce qu'elle a vécu. Il y a des incursions de Vanessa Springora dans son récit de petite fille et d'adolescente, où elle y emploie un vocabulaire plus élevé que celui d'un enfant. Elle commente par exemple le futur divorce de ses parents quand ils se disputent : « Le conflit sera bientôt réglé de façon unilatérale. Ce n'est plus qu'une question de semaine ». Autre exemple lorsqu'elle évoque son premier rendez-vous avec G. :

Cette fois-ci, intrépide, il entreprend de s'aventurer vers des régions plus intimes. Et pour cela, il faut défaire mes lacets, geste qu'il exécute avec une délectation manifeste, retirer mon jean, ma culotte de coton (je n'ai *pas de dessous féminins dignes de ce nom, et rien ne peut davantage plaire à G., de ça je n'ai encore qu'une conscience assez confuse).* (p. 78)

Toutes ces interventions de l'écrivaine correspondent d'ailleurs à un procédé littéraire narratologique répandu : la métalepse. Au cinéma comme dans la fiction, la métalepse narrative, selon la terminologie de Genette, se définit comme toute intrusion du narrateur extradiégétique (soit un narrateur en dehors de l'histoire) dans l'univers diégétique (soit l'univers de l'histoire), ou inversement. Fondée sur une impossibilité logique, la métalepse est ressentie comme une infraction dont la fonction peut être ludique ou sérieuse. Dans *Le Consentement*, les métalepses remplissent une fonction sérieuse, l'autrice cherche à condamner sa désillusion, mais encore plus celui qui a profité d'elle et de sa jeunesse.

L'AFFAIRE GABRIEL MATZNEFF

Comme déjà évoqué, *Le Consentement* est un roman autobiographique qui vise à dénoncer G., alias Gabriel Matzneff, un écrivain français contemporain, réputé pour ses textes sulfureux et ses récits littéraires à tendance pédophile. Auteur très prolifique avec une cinquantaine d'ouvrages à son actif, il a reçu plusieurs récompenses littéraires, notamment les prix Mottard et Amic de l'Académie Française ou encore le prix Renaudot essai en 2013. Il a participé à de célèbres émissions TV littéraires comme Apostrophes. Poèmes, récits, romans, lettres, journaux intimes, etc. Grégory Matzneff s'est essayé à de nombreux genres littéraires. Parmi ses œuvres, on retrouve par exemple : *Mes amours décomposés* (journal intime) *Les Aventures de Nil Kolytcheff* (roman), *Les Moins de seize ans* (essai) – texte que Vanessa Springora a lu et qui l'a fortement ébranlée – et *Douze poèmes pour Francesca* (poésie).

Gabriel Matzneff était connu dans son entourage comme étant un redoutable séducteur attiré par de jeunes filles et de jeunes garçons mineurs, avec lesquels il entretenait des relations charnelles. Pourtant, il n'a jamais eu de véritables problèmes ni de dénonciation explicite. Ses textes eux aussi prestent des penchants explicités éphébophiles, voire pédophiles, mais l'auteur jouit d'importants appuis dans les milieux littéraire et médiatique.

Mais début 2020, tout bascule. Le *Consentement* de Vanessa Springora est publié. L'autobiographie crée une véritable polémique autour de l'auteur, qui, jusqu'alors adulé par ses pairs et par les critiques, a connu un revers de médaille sans précédent. Gabriel Matzneff est accusé de viols sur mineurs par la Justice française – deux procédures judiciaires sont en cours et certains de ses livres sont retirés des librairies et les maisons d'édition ont également refusé de commercialiser ses textes.

En réaction à son accusatrice, Gabriel Matneff publie le 15 février 2021 un livre intitulé *Vanessavirus*. Les maisons d'édition refusent de le publier et l'écrivain décide alors de se financer par un système de souscription afin de s'autoéditer. Dans cet ouvrage, il rend hommage à des personnalités qui l'ont soutenu depuis les révélations de Vanessa Springora. L'auteur n'y présente aucun regret ni reproche, il décrit plutôt la souffrance éprouvée à la suite de la publication du *Consentement* et dénonce cette « chasse à l'homme dont il est le gibier ».

En septembre 2021, l'ancienne journaliste Fransesca Gee a publié un livre intitulé *L'Arme la plus meurtrière* dans lequel elle dresse le portrait de l'écrivain, qu'elle définit comme un prédateur. Selon elle, la procédure en cours contre Gabriel Matzneff est « enlisée ». Affaire à suivre.

LA PÉDOPHILIE

Le *Consentement* aborde la thématique centrale de la pédophilie. Il faut bien distinguer la pédophilie de la sexualité des mineurs en littérature. La pédophilie litté-raire se caractérise par des critères bien définis comme la relation (consommée ou non) d'une personne adulte avec un ou une jeune personne mineure (prépubère dans certains cas) ou encore l'attirance qu'un adolescent peut ressentir pour un individu plus âgé que lui.

Traiter en littérature la thématique de la pédophilie de nos jours n'est pas une tâche facile et Vanessa Springora en avait bien conscience. Dans *Le Consentement*, on peut repérer plusieurs choix de rédaction et de manières de raconter la problématique de manière originale, ce qui fait la force du texte. Déjà, ce n'est pas le pédophile qui est le personnage principal racontant son histoire et son attirance, comme dans les romans de Gabriel Matzneff, mais bien la victime. C'est Vanessa Springora qui revient sur sa relation amoureuse avec l'écrivain et pose dessus un regard adulte et ambivalent.

En toute connaissance de cause, l'autrice/V. éprouve des remords, regrette d'avoir vécu une telle relation et la dénonce, d'une part. Cependant, elle sait à quel point elle a pleinement vécu cette relation à l'époque, c'est pourquoi elle essaye en même temps de justifier son comportement de jeune adolescente et d'expliquer comment elle se sentait à cette époque et les raisons pour lesquelles elle était en couple avec cet homme, d'autre part. La pédophilie est tempérée et blâmée à la fois.

La notion de consentement, inhérente à la thématique de la pédophilie, prend aussi tout son sens grâce au point de vue de la narratrice adulte. Si lorsque V. était jeune, elle se disait consentante, avec le recul et la maturité nécessaire, elle se rend compte qu'elle ne l'était peut-être pas. Du moins, c'est ce qu'elle laisse clairement sous-entendre par le biais de ses métalepses en insistant sur le fait qu'elle était naïve et ne connaissait pas encore grand-chose de la sexualité. L'autrice confie même s'être sentie complice de cet homme, mais elle était aveuglée par son amour pour lui et il la rendait heureuse.

Mai 68

Un autre passage dans *Le Consentement* où l'autrice/V. opte également pour une attitude ambivalente (entre dénonciation et justification) est lorsqu'elle parle de la loi de mai 1968 et de la conception de la sexualité de l'époque. Aujourd'hui, alors que le mouvement MeToo est de plus en plus omniprésent dans notre société (et où les actes misogynes envers les femmes ne sont plus tolérés), la relation entre V. et G. n'aurait jamais été acceptée par leurs proches. Mais la situation était bien différente 30 années auparavant.

La période de Mai 68 en France incarne une période de renouveau et de révolution. Elle dénonce toute une série de mœurs et de traditions, jugées encore trop conservatrices et rigoristes par les jeunes générations de l'époque. L'objectif principal est donc de bouleverser la morale officielle de la classe dominante et de mettre en place une nouvelle morale officielle. Celle-ci repose notamment sur une liberté des mœurs plus élargie et non plus uniquement cantonnée aux milieux populaires ou amours passagers. Ce que la jeunesse revendique et instaure, c'est la légitimité des relations amoureuses sans engagement de durabilité.

Autrement dit, le mouvement de Mai 68 n'a pas seulement levé les obstacles à la sexualité hors mariage, il a contribué à porter la sexualité au rang d'élément à part entière de l'épanouissement de l'individu. Le plaisir charnel et personnel est devenu quelque chose de légitime. Ces idéaux sont restés très forts jusqu'aux années 1980, les relations pédophiles étant « plus acceptées », comme l'indique l'autrice dans *Le Consentement* : « le milieu dans lequel je grandis est encore fort empreint de cette vision du monde ».

Quoiqu'il en soit, l'ambivalence de Vanessa Springora autour de la pédophilie consiste, pour elle, de traduire grâce à l'écriture, de laisser une trace de son témoignage et d'en faire un texte porteur d'un message fort et moralisateur. À titre plus personnel, il s'agit pour l'écrivaine de prendre sa revanche sur G., de l'emprisonner dans un livre, de briser le silence et de faire la catharsis de ce qu'elle a vécu, de l'extérioriser. L'objectif étant de trouver la rédemption qu'elle cherche depuis longtemps.

PISTES DE RÉFLEXION

QUELQUES QUESTIONS
POUR APPROFONDIR SA RÉFLEXION...

- La journaliste britannique Francesca Gees, à l'instar de Vanessa Springora, a entretenu une relation pédophile avec Gabriel Matzneff et en a écrit un roman, *L'Arme la plus meurtrière*. Pouvez-vous comparer ce témoignage avec *Le Consentement* ? Quels sont les points communs et les différences entre ces deux textes ?

- Gabriel Matzneff est un écrivain qui a été accusé par la justice française de viols. Il y a quelque temps, l'affaire Polanski a elle aussi eu un retentissement considérable dans les médias. Les comportements limites et misogynes de célébrités artistiques sont de moins en moins acceptés de nos jours... À ce propos, connaissez-vous d'autres personnalités issues du monde de l'art en général qui ont été accusées pour des motifs similaires ?

- *Le Consentement* est une autobiographie écrite par une femme. *Une vie* de Simone Veil se classe aussi comme une autobiographie féminine. Pouvez-vous identifier les points communs/les différences entre ces deux textes ?

- Peut-on dire que *Le Consentement* est un texte féministe ? Si oui, selon vous, quels éléments font de l'ouvrage un texte féministe ?

- Que savez-vous du milieu littéraire ? Pouvez-vous comparer le milieu littéraire des années 1980, comme dépeint dans *Le Consentement* avec le milieu littéraire de notre époque ?

- Comparez l'immunité littéraire à l'immunité politique. Selon vous, peut-on parler de tout dans un texte sans être condamné ?

- La pédophilie et le consentement sont des thématiques centrales dans *Le Consentement*. Si le roman est un support littéraire souvent utilisé pour exprimer ces thématiques, la littérature dite périphérique comme la BD ou les livres jeunesse font eux aussi la part belle à ces thématiques. Par exemple, le livre *Tous à poil* de Claire Franek et Marc Daniaux revient sur les agressions sexuelles existant entre les enfants. Comment la thématique y est-elle abordée ? Quels sont les points communs/différences avec *Le Consentement* ? Connaissez-vous d'autres œuvres de littérature de jeunesse qui abordent le sujet ?

POUR ALLER PLUS LOIN

ÉDITION DE RÉFÉRENCE

- SPRINGORA V., *Le Consentement*, Éditions Grasset & Fasquelle, Le Livre de Poche, 2020, 213 pp.

ÉTUDES DE RÉFÉRENCE

- BELLEE M., *Affaire Gabriel Matzneff : « L'enquête est enlisée », dénonce une nouvelle accusatrice*, https://www.gala.fr/l_actu/news_de_stars/affaire-gabriel-matzneff-lenquete-est-enlisee-denonce-une-nouvelle-accusatrice_477263

- Éditions GRASSET, site officiel consulté le 11 décembre 2021. URL : https://www.grasset.fr/livres/le-consentement-9782246822691

- GENETTE, G., *Métalepse. De la figure à la fiction*, Éditions du Seuil, 2004, 144 pp.

- KAEMPFER, J. et ZANGHI, F., *Méthodes et problèmes. La voix narrative*, Ch. VII Métalepses, Éditions Ambroise Barras, 2003-2004, consulté le 11 décembre 2021. URL : https://www.unige.ch/lettres/framo/enseignements/methodes/vnarrative/vn070000.html

- OURY, A., *Le Consentement : un récit littéraire « n'est ni un procès-verbal, ni un article de presse »*, consulté le 10 décembre 2021. URL : https://actualitte.com/

article/5072/edition/le-consentement-un-recit-lit-
teraire-n-est-ni-un-proces-verbal-ni-un-article-de-
presse

Votre avis nous intéresse !
Laissez un commentaire sur le site de votre librairie en ligne
et partagez vos coups de cœur sur les réseaux sociaux !

LePetitLittéraire.fr

- un résumé complet de l'intrigue ;
- une étude des personnages principaux ;
- une analyse des thématiques principales ;
- une dizaine de pistes de réflexion.

**Retrouvez
notre offre complète sur
lePetitLittéraire.fr**

ISBN version numérique : 9782808023597
ISBN version papier : 9782808023603
Dépôt légal : D/2021/12603/19

Conception numérique : Primento,
le partenaire numérique des éditeurs.